Aurore, la fée du soleil

Vous aimez les livres de la série

L'ARC-EN-CIEL magique

Écrivez-nous pour nous faire partager votre enthousiasme :

Pocket Jeunesse - 12, avenue d'Italie - 75013 Paris

L'ARC-EN-CIEL magique

LES FÉES DU CIEL

Aurore, la fée du soleil

Daisy Meadows

Traduit de l'anglais par Christine Bouchareine

Illustré par Georgie Ripper

POCKET jeunesse

Titre original :
Rainbow Magic
The Weather Fairies - Goldie the Sunshine Fairy

Publié pour la première fois en 2004
par Orchard Books, Londres.

Loi n° 49-956 du 16 juillet 1949 sur les publications
destinées à la jeunesse : février 2008.

La série « L'Arc-en-Ciel magique » a été créée
par Working Partners Limited, Londres.

ISBN 978-2-266-16688-1

À Less Brothwell,
qui est un petit rayon de soleil.

Avec des remerciements
tout particuliers
à Sue Mongredien.

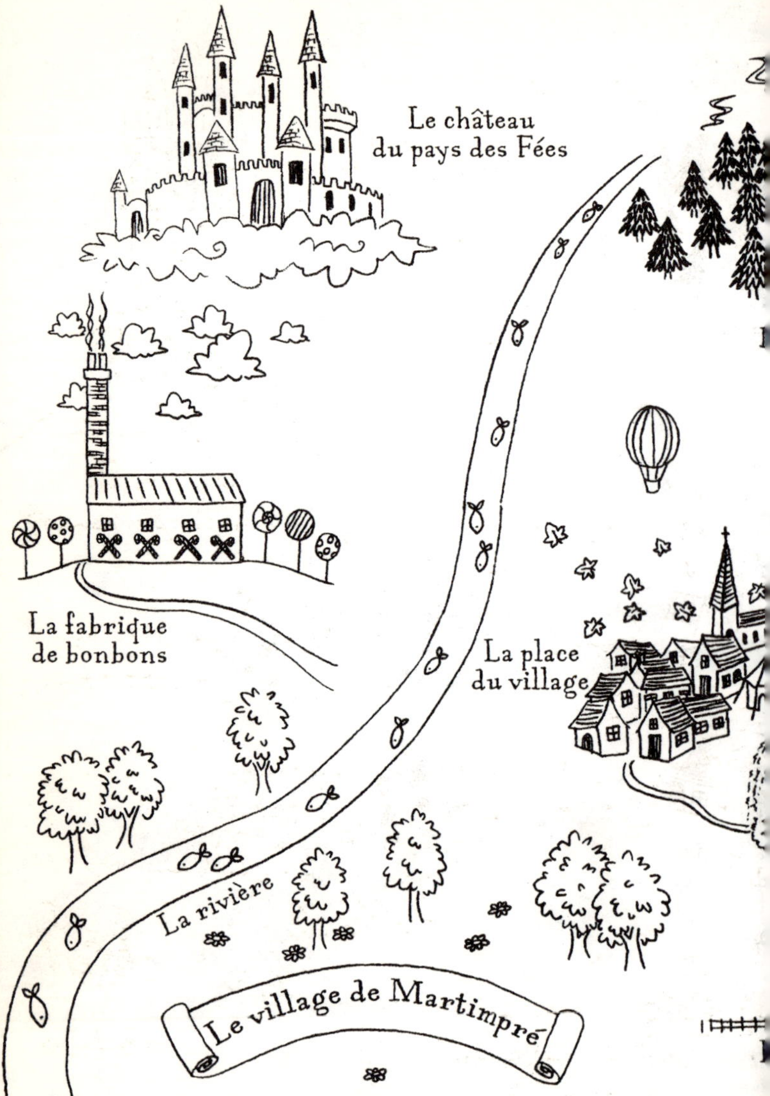
Le château
du pays des Fées
La fabrique
de bonbons
La place
du village
La rivière
Le village de Martimpré

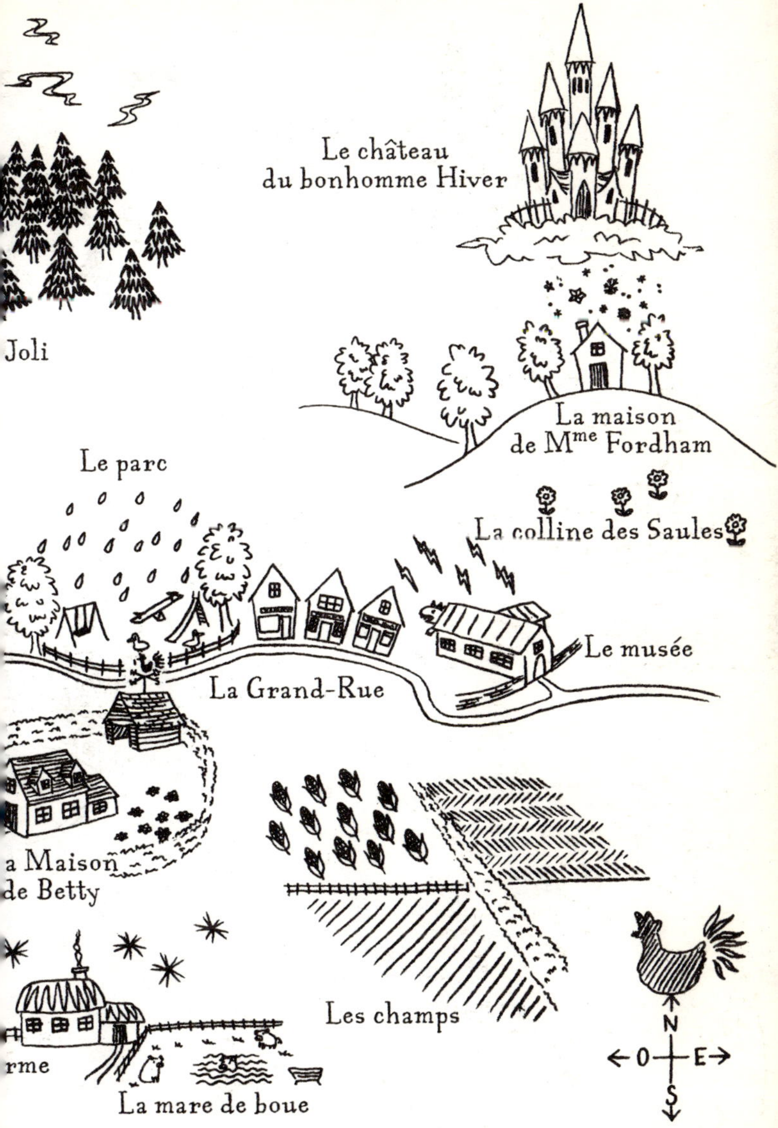
Le château
du bonhomme Hiver
Joli
La maison
de Mme Fordham
Le parc
La colline des Saules
Le musée
La Grand-Rue
a Maison
de Betty
Les champs
rme
La mare de boue
N
O
E
S

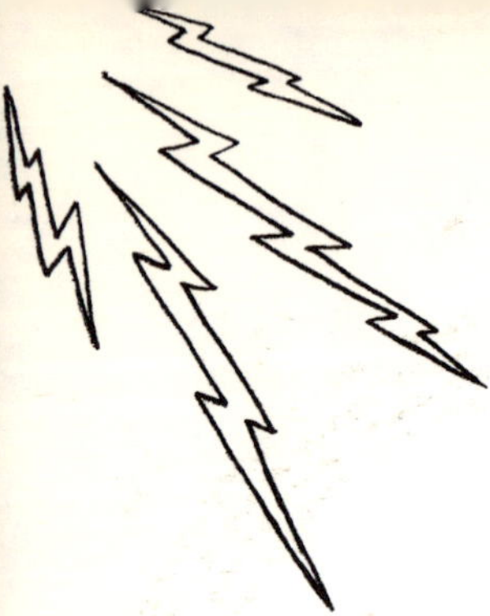 

Mes vilains petits gnomes verts,
Grâce à ce sort extraordinaire
Vous voilà enfin de taille
À réaliser mon idée géniale.

Rapportez-moi les plumes du coq Cliquot
Qui servent aux fées à faire la météo
Avec elles, je sèmerai le chaos,
Ça sera cent fois plus rigolo.

Un sortilège brûlant

– J'ai l'impression de fondre, gloussa Rachel Walker.

Jamais personne n'avait connu une chaleur pareille. À tel point que les parents de son amie Betty Tate, chez qui elle passait la semaine, leur avaient permis de camper dans le jardin.

– J'espère que ce beau temps va durer jusqu'à demain, répondit Betty. Je n'ai pas envie de dormir sous la pluie.

Rachel rit et secoua le gros sac qui contenait la tente. Il en tomba une grande toile orange vif et un tas de piquets et de cordelettes.

– Tant qu'à faire, je préfère prendre ma douche demain matin plutôt qu'au milieu de la nuit.

Betty ramassa les piquets.

– Bon. Comment on la monte, à ton avis ?

Rachel se gratta la tête.

– Ben...

– Vous avez besoin d'aide ? demanda une voix derrière elles.

– Tu tombes bien, papa ! s'exclama Betty. Nous...

Elle pouffa devant l'allure de son père.

Rachel se retourna, intriguée. Elle dut se mordre la lèvre pour ne pas rire, elle aussi. M. Tate portait les plus grosses lunettes qu'elle ait jamais vues de sa vie.

Il semblait ravi. Il les remonta sur son nez.

– Alors, elles vous plaisent ?

– Oui, répondit Betty en faisant un terrible effort pour reprendre son sérieux. Elles font très… très… été.

M. Tate s'agenouilla et commença à assembler la tente.

– Avec le temps bizarre que nous avons depuis une semaine, j'ai hésité à les acheter. J'espère qu'il ne va pas se remettre à neiger !

Rachel et Betty se regardèrent sans rien dire. Elles partageaient un grand secret. Elles connaissaient le responsable de ce dérèglement climatique. Le bonhomme Hiver avait encore frappé !

Au royaume des fées, c'était le coq Cliquot qui réglait le temps grâce aux sept plumes magiques de sa queue. Mais les horribles gnomes du bonhomme Hiver les lui avaient volées. Depuis, le climat était complètement détraqué. Et Cliquot, privé de ses pouvoirs et transformé en girouette toute rouillée, s'était retrouvé perché sur le toit de la grange des Tate. Il y resterait tant que Rachel et Betty n'auraient pas aidé les fées du ciel à lui rapporter toutes ses plumes.

La veille, avec Morgane, la fée des nuages, les deux amies lui avaient restitué sa plume à nuages. Mais elles en avaient encore quatre à retrouver.

– Voilà. Vous pouvez vous installer, dit M. Tate en reculant pour admirer la tente qu'il venait de monter.

– Merci, papa !

Dès qu'il fut parti, Betty mit deux sacs de couchage à l'intérieur et se laissa tomber sur l'herbe, en nage.

– Pfiou ! Il fait toujours aussi chaud ! J'espère que la température va redescendre, sinon nous ne pourrons jamais dormir dans le jardin.

Rachel consulta sa montre et fronça les sourcils.

– Betty, tu as vu où est le soleil?

– Dans le ciel, quelle question!

– Oui, mais regarde à quelle hauteur il se trouve, insista Rachel. Il aurait dû commencer à baisser!

Betty vérifia l'heure à son tour.

– C'est vrai. Il est sept heures passées. C'est inquiétant!

Rachel ouvrait la bouche pour lui répondre quand elle entendit comme une petite explosion derrière elle.

Pop !

– C'est quoi, ça ?

Pop ! Pop ! Pop !

– On dirait que ça vient du champ de maïs, derrière la haie, murmura

Betty, les yeux écarquillés. Qu'est-ce que ça peut bien être ?

Pop ! Pop ! Pop !

Les deux filles se dressèrent sur la pointe des pieds pour regarder de l'autre côté.

– Ohhh ! s'écrièrent-elles à l'unisson.

L'arrivée d'Aurore

– Je le crois pas ! dit Betty en se frottant les yeux. T'as vu ça ?

Pop ! Pop ! Pop !

– Oui, oui, c'est bien des pop-corn, confirma Rachel dans un souffle.

C'était incroyable ! Le soleil était si chaud que les épis de maïs grillaient et explosaient en milliers de petites boules dorées qui bondissaient de tous côtés. Le champ ressemblait à une gigantesque poêle. Une délicieuse odeur chatouilla les narines des deux filles et éveilla leur appétit.

Betty et Rachel échangèrent un sourire ravi.

– C'est clair : y a de la magie dans l'air, déclara Betty.

– Ça, c'est un coup du

gnome qui a volé la plume du soleil ! acquiesça Rachel, tout excitée.

Les deux filles scrutèrent le champ dans l'espoir d'apercevoir le fautif tapi entre les épis, mais c'était difficile de voir quoi que ce soit à travers ce nuage de pop-corn.

Soudain, Rachel attrapa la main de Betty.

– Regarde !

Betty plissa les yeux.

Elle aperçut une petite lueur jaune qui zigzaguait entre les pop-corn et fonçait droit sur elles. Quand elle se rapprocha, l'air autour d'elle se constella de milliers d'étincelles. Les deux filles virent alors scintiller de délicates ailes dorées et une minuscule baguette magique.

– C'est Aurore, la fée du soleil ! chuchota Rachel, émerveillée.

Retenant leur souffle, elles l'observèrent slalomer avec brio pour éviter les pop-corn qui bondissaient dans tous les sens.

– Ouf! soupira-t-elle en se posant sur la haie, devant elles. Quel vol !

Elle se secoua pour se débarrasser de quelques pop-corn qui s'étaient

pris dans ses ailes. Elle portait une robe vaporeuse en camaïeu de rouge, orange et jaune. Une minuscule tiare en or retenait ses longs cheveux blonds et bouclés, et des joncs rouges étincelaient à ses poignets.

– Bonjour ! J'ai appris comment vous aviez aidé Marion, Alizé et Morgane. Vous avez été géniales !

Betty et Rachel affichèrent un sourire de fierté.

– Le gnome qui a volé la plume du soleil ne doit pas être loin, poursuivit la petite fée en contemplant le soleil qui continuait à briller de mille feux.

– C'est exactement ce qu'on se disait ! s'exclama Betty. Il y a une ferme au bout du champ. Si on commençait par chercher là-bas ?

– Bonne idée !

Le visage d'Aurore s'assombrit soudain à la vue des pop-corn qui continuaient à jaillir comme des missiles.

– Mais vous ne connaîtriez pas un chemin qui évite les maïs ?

Le gnome fait des siennes

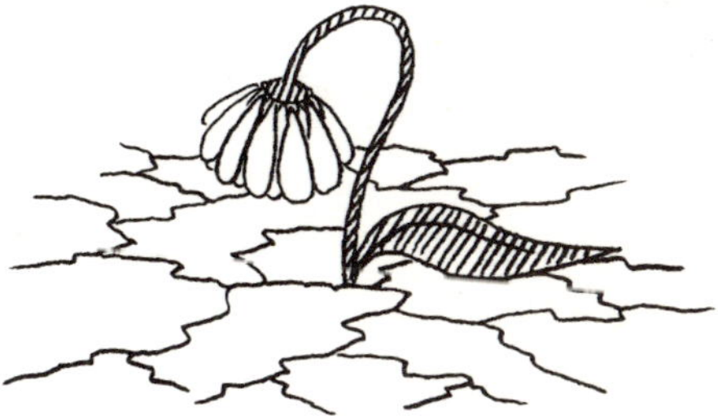

– Je n'ai aucune envie de me faire rôtir, continua-t-elle en montrant une brûlure sur son aile.

– Rassure-toi, je connais une route qui contourne le champ, répondit Betty. Allons demander à maman si nous pouvons faire une petite promenade avant de nous coucher.

Quelques minutes plus tard, les trois amies se dirigeaient vers la ferme. L'air vibrait de chaleur. La terre desséchée était toute craquelée, les fleurs des haies fanées et l'herbe jaunie. Il n'y avait pas un souffle d'air.

Arrivées à la ferme, elles se mirent sans attendre à la recherche du gnome. Elles commencèrent par l'écurie. Deux

chevaux s'y étaient abrités du soleil caniculaire.

– Bonjour, leur dit Aurore. Vous n'auriez pas vu un gnome dans les parages, par hasard ?

Le premier cheval secoua sa crinière.

– Nous n'avons pas bougé d'ici. Nous n'avons vu personne.

– Il fait trop chaud pour sortir, hennit le second.

Les filles continuèrent par l'étable. Les vaches dormaient à moitié, assommées par la chaleur, et meuglèrent qu'elles les dérangeaient. Non, elles n'avaient pas vu de gnome.

Elles se dirigèrent ensuite vers la mare aux canards en pensant que le gnome était peut-être allé y piquer une tête pour se rafraîchir.

Aucune trace de lui ni de la plume.

– Vous devriez demander aux cochons, cancana un canard qui s'était abrité à l'ombre des roseaux. Ils n'ont pas arrêté de râler de la journée. Et s'il y a un gnome à la ferme, ces fouineurs le sauront.

Aurore le remercia.

– Je les entends par là ! dit Rachel en les entraînant derrière la ferme.

En effet, dès qu'elles eurent tourné l'angle de la maison, les trois amies furent accueillies par un concert de grognements.

Le canard avait raison. Quelque chose devait perturber les cochons. Ils dévisagèrent Aurore avec curiosité quand elle vola vers eux. Elle se posa sur le groin du plus gros.

– Que vous arrive-t-il ? demanda-t-elle gentiment.

Le cochon loucha sur la petite fée perchée entre ses deux yeux bleus.

– Ben voilà, il fait si chaud que le fermier a rempli notre mare pour nous rafraîchir. Mais y a un affreux qui nous a piqué la place et qui nous interdit de nous baigner.

– C'est pas juste, couina un cochonnet, en se précipitant sur Rachel et Betty. C'est pas juste !

– Tu as raison, dit Betty en le caressant.

– Et il n'y a qu'un gnome pour être aussi méchant ! ajouta Rachel. Où est votre mare ?

Les cochons leur expliquèrent comment y aller. Elles n'avaient pas fait trois pas qu'elles entendirent chanter à tue-tête, d'une voix de fausset :

Ah ce qu'on est bien
Quand on est dans son bain !
Et que le soleil brille,

Et que les pop-corn grillent,
Et qu'on a une belle plume,
Et que le soleil brûle !

Vite, les trois amies se cachèrent derrière un arbre pour observer la mare. Elles virent alors un gnome tout

joyeux, étalé au milieu de la boue, qui agitait une plume en chantant. À chacun de ses mouvements, il en jaillissait de nouveaux rayons de soleil qui rendaient l'air de plus en plus brûlant.

Et il s'éclaboussait avec ses pieds, au rythme de ses paroles : *Ah, ce qu'on est bien…*

– Qu'est-ce qu'on fait ? chuchota Betty.

Le gnome serrait si fort la plume entre ses doigts qu'elle ne voyait pas comment la lui arracher.

Aurore tourbillonna sur elle-même d'énervement.

– Je ne supporte pas de le voir jouer avec ma plume ! Regardez, elle est couverte de boue !

Rachel fronça les sourcils.

– Il faudrait détourner son attention pour la lui reprendre.

– Moi, ça me dit rien de patauger dans cette gadoue, marmonna Betty. Surtout qu'on risque de tomber. Et regardez ! Il est en plein milieu de la mare. Je ne vois

pas comment on pourrait l'approcher sans qu'il nous voie.

Elles s'éloignèrent pour discuter.

– Chut! C'est quoi, ce bruit? s'écria soudain Rachel, affolée.

L'embobineur embobiné

Betty, Rachel et Aurore tendirent l'oreille en retenant leur souffle. On entendait comme un grondement suivi d'un sifflement. Grom… pich ! Grom… pich ! Grom… pich !

Ça venait de la mare. Betty et Rachel retournèrent se cacher à pas de loup derrière l'arbre en se demandant quelle abominable créature pouvait faire cet horrible bruit.

Quand Rachel l'aperçut, elle plaqua la main sur sa bouche pour ne pas éclater de rire. C'était le gnome qui ronflait !

– Je préfère encore l'entendre ronfler que chanter, gloussa Betty.

Aurore battit des ailes de joie quand elle vit qu'il dormait. Mais dès qu'elle s'approcha de lui, son visage s'assombrit. Elle revint vers les filles à tire-d'aile.

– Il tient la plume si fort que j'ai peur de le réveiller si j'essaie de la reprendre. Comment allons-nous faire ?

– Peut-être que..., commença Betty avec un petit sourire. Oui ! Ça devrait marcher !

Et sans prévenir, elle repartit chez elle en courant.

– Je reviens tout de suite, lança-t-elle par-dessus son épaule.

Rachel et Aurore la regardèrent s'éloigner, rongées par la curiosité. Heureusement, leur attente fut de courte durée.

– Qu'est-ce qu'elle a sur la figure ? murmura Aurore alors que Betty revenait au pas de course.

– Les lunettes de son père.

Rachel dévisagea son amie en se demandant si le soleil ne lui avait pas tapé sur la tête.

Et pourquoi rapportait-elle aussi une canne à pêche ?

Betty éclata de rire en voyant leur mine.

– Je vais tout vous expliquer, dit-elle en mettant la canne debout contre l'arbre. Mais d'abord, il faut nous transformer en fées, Rachel.

La reine des fées leur avait donné deux médaillons en or remplis de poudre magique. Rachel et Betty en

prirent une pincée et s'en arrosèrent. Dans une pluie de paillettes dorées, elles rétrécirent jusqu'à être aussi petites qu'Aurore, puis elles agitèrent leurs ailes, folles de joie. Elles adoraient jouer les fées.

– Maintenant, allons nous percher dans l'arbre, que je vous explique mon plan !

Assises sur une branche, Aurore et

Rachel regardèrent Betty suspendre les lunettes à l'hameçon.

– Nous allons pencher la canne vers la mare pour poser tout doucement les lunettes sur le bout du nez du gnome.

– Pour quoi faire ? voulut savoir Rachel.

– Tu crois qu'elles lui iront ? chuchota Aurore.

Betty secoua la tête en se retenant de rire.

– Avec les lunettes, il croira qu'il fait sombre. Et du coup, avec un peu de chance, il croira aussi que la plume à soleil est cassée !

Aurore battit des mains.

– Quelle bonne idée ! Surtout que j'adore jouer des tours aux gnomes !

Avec précaution, Betty, Rachel et Aurore tournèrent le moulinet et descendirent les lunettes au niveau du gnome. Betty retint sa respiration tandis qu'elles atterrissaient en douceur sur son nez. Parfait !

Vite, elles remontèrent l'hameçon et Aurore, d'un coup de baguette, jeta une pluie de paillettes de soleil. Elles explosèrent comme un feu d'artifice

autour du gnome qui se réveilla en sursaut.

Il papillonna des yeux en voyant que tout était plongé dans l'ombre autour de lui. Il se mit à agiter sa plume dans tous les sens.

– Ma plume ! Elle est cassée ! se lamenta-t-il. Brille, voyons, crétin de soleil !

Bien sûr, plus il agitait la plume et plus le soleil dardait ses rayons. Mais lui, derrière ses lunettes, se croyait toujours dans la pénombre.

Il écumait de rage.

– Cette maudite plume n'est plus bonne à rien, grommela-t-il en la jetant d'un geste dégoûté.

Aurore jaillit de derrière l'arbre, telle une fusée de feu d'artifice, et l'attrapa au vol.

– Merci ! chantonna-t-elle joyeusement avant de revenir vers les filles.

Le plan de Betty avait réussi !

À l'aide d'une autre pincée de poussière de fée, Betty et Rachel se retransformèrent en filles. Elles redescendirent de l'arbre avec la canne à pêche.

Le gnome se leva d'un bond en les apercevant et les lunettes rebondirent sur son nez.

– Quoi ? Des lunettes !

Il les remonta sur sa tête et plissa les yeux sous le soleil aveuglant. Il explosa de rage quand il vit Aurore qui tenait la plume.

– Tu m'as trompé ! Rapporte-moi cette plume tout de suite !

Betty et Rachel échangèrent un regard affolé. Maintenant que le bonhomme Hiver avait donné une taille presque humaine à ses gnomes, ils leur semblaient plus effrayants que jamais. Et celui-là avait l'air particulièrement en colère.

Il se rua vers elles plein de boue, en brandissant un poing menaçant.

– Sauve qui peut ! cria Betty.

Les cochons qui rient

Rachel attrapa la main de Betty et les deux filles détalèrent vers la ferme à toutes jambes, poursuivies par le gnome qui hurlait de rage.

– Rendez-moi cette plume ! Rendez-la-moi !

Rachel, paniquée, s'aperçut qu'il les rattrapait. Elle entendait sa respiration rauque juste derrière. Elle poussa un cri en sentant qu'il l'agrippait par l'épaule.

– Je te tiens ! hurla-t-il. Mais… mais qu'est-ce qui m'arrive ?

D'un tourbillon de sa plume magique, Aurore avait concentré tous les rayons du soleil sur le gnome. La boue qui le recouvrait durcit d'un

coup. Le gnome se retrouva les bras et les jambes paralysés dans une croûte épaisse.

– Nooon! hurla-t-il, fou de désespoir.

Malgré la belle frousse qu'il venait de leur faire, les deux filles éclatèrent de rire.

– On dirait une statue! s'esclaffa Rachel.

Seuls les yeux du gnome bougeaient. Ils oscillaient sans arrêt entre la fée et les deux filles. Méfiante, Betty s'approcha d'un pas. Puis d'un autre. Un autre encore. Il ne remuait vraiment plus. Enhardie, elle récupéra les lunettes de son père.

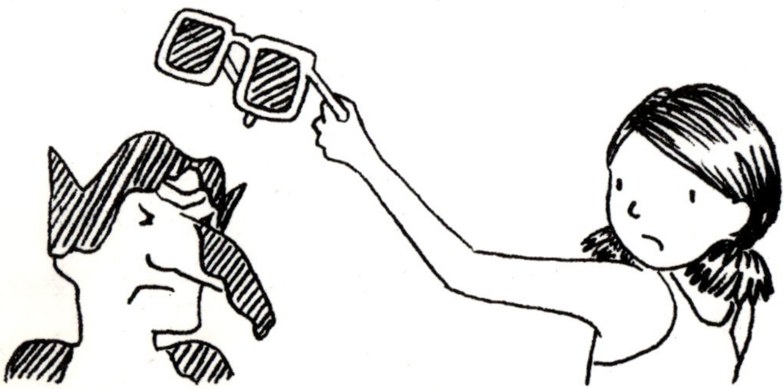

– Si j'avais su qu'elles nous seraient aussi utiles, je ne me serais jamais moquée de papa quand je l'ai vu avec, dit-elle à Rachel.

Les trois amies revinrent vers la ferme où les cochons guettaient leur retour avec impatience.

– Vous pouvez retourner dans votre mare ! Elle est dégagée, leur annonça Aurore de sa voix cristalline. Et vous trouverez un nouvel épouvantail à côté. Ne vous inquiétez pas. Il n'est pas près d'y retourner.

Les cochons poussèrent des grognements de joie et coururent se rafraîchir.

Le cochonnet leur donna de gentils petits coups de museau dans les jambes.

– Merci !

– Que va devenir le gnome ? s'inquiéta Rachel. Il ne va pas rester là éternellement, tout de même ?

– Non, rassure-toi, gloussa Aurore. La boue disparaîtra à la première pluie. N'empêche qu'il passera un mauvais quart d'heure quand le bonhomme Hiver apprendra que nous lui avons repris la plume à soleil !

Un coucher de soleil enchanteur

Maintenant qu'elles étaient hors de danger, Aurore agita sa plume d'un geste très compliqué et le soleil descendit sur l'horizon. Les filles admirèrent le ciel qui se teintait d'orange, de rose et de rouge.

– Rapportons vite la plume à

Cliquot, dit Betty. Il est l'heure d'aller nous coucher.

Rachel bâilla à se décrocher la mâchoire.

– Quelle journée! Nous n'avons pas perdu notre temps.

Avec le soleil qui se couchait, la température baissa d'un coup. Les filles frissonnèrent dans leurs tee-shirts. Aurore agita sa plume et inonda leurs bras nus de petits rayons pour les réchauffer.

Il faisait presque nuit quand elles entrèrent dans le jardin de Betty. Elles voyaient à peine la silhouette de Cliquot sur le toit de la grange.

D'un coup d'aile, Aurore lui rapporta sa plume magique. Dès qu'elle l'eut replacée sur sa queue, le coq revint à la vie et son plumage étincela de mille couleurs dans la pénombre. Il se tourna vers Betty et Rachel.

– Viendra..., hurla-t-il.

Mais sans lui laisser le loisir d'en dire plus, la magie s'évanouit, ses couleurs s'éteignirent et il redevint une vieille girouette toute rouillée.

Chaque fois que les filles lui remettaient une plume, le coq s'animait un instant pour crier un ou deux mots. Rachel fronça les sourcils, le temps de reconstituer ce qu'il avait déjà dit.

– Méfiez-vous, le bonhomme Hiver viendra..., murmura-t-elle, parcourue d'un frisson d'effroi, comme si le bonhomme Hiver se trouvait déjà là. C'est un avertissement, Betty. Espérons qu'il ne viendra pas tout de suite!

– Soyez prudentes, les filles, dit Aurore avant de les quitter. Et merci pour tout.

– Au revoir!

Elle leur envoya un nuage de baisers de fée qui brillèrent dans la nuit.

Betty et Rachel agitèrent la main et la suivirent des yeux jusqu'à ce qu'elle ne soit plus qu'une petite étincelle d'or dans le ciel.

Au moment où elles s'apprêtaient à aller se coucher, elles virent M. Tate sortir de la maison. Il regarda autour de lui d'un air intrigué.

– J'ai cru entendre un coq chanter, pas vous ?

– Un coq ? À cette heure-ci ? s'étonna Betty d'un air innocent.

M. Tate fronça les sourcils.

– J'entends des voix, soupira-t-il. Bonne nuit, les filles. Dormez bien.

Il leva les yeux vers Cliquot et s'arrêta net.

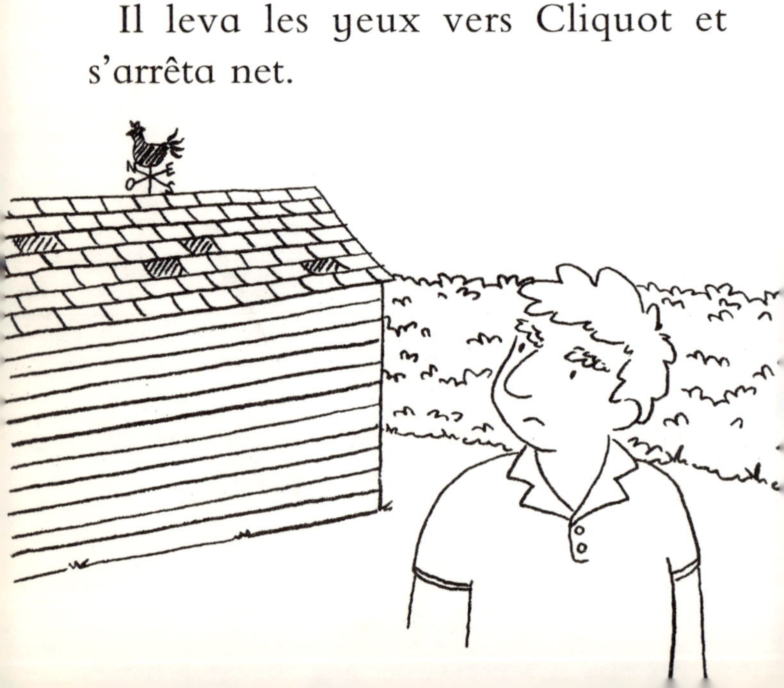

– J'aurais parié que cette girouette avait une queue plus petite, marmonna-t-il en secouant la tête. Voilà que j'ai des visions maintenant ! Il est temps que j'aille me coucher.

Les deux filles pouffèrent de rire.

– Plus que trois plumes à trouver, dit Betty. Je me demande quelle sera la prochaine !

Table des matières

L'ARC-EN-CIEL magique

LES FÉES DU CIEL

Marion, Alizé, Morgane et Aurore
ont enfin retrouvé
leurs plumes magiques.

À présent, Rachel et Betty
doivent aider

Perle, la fée des brumes

L'ARC-EN-CIEL magique

LES FÉES DU CIEL

Retrouve vite Rachel et Betty
avec un extrait de

Marion, la fée des flocons

Des livres plein les poches, POCKET jeunesse des histoires plein la tête

Une surprise magique

– Quelle journée splendide ! s'écria joyeusement Betty Tate en admirant le grand ciel bleu par la fenêtre de la voiture. Maman, tu crois qu'on aura ce beau soleil tout l'été ?

Mme Tate sourit gentiment.

– Espérons-le. Mais rappelle-toi Magipluie. Le temps n'arrêtait pas de changer.

Betty sourit au souvenir de ses dernières vacances et de l'île où elle avait fait la connaissance de sa nouvelle amie, Rachel Walker. Elles avaient vécu des aventures extraordinaires. Elles avaient aidé les sept fées de l'Arc-en-Ciel à échapper aux sortilèges de l'affreux bonhomme Hiver et à regagner leur royaume.

– Oh, s'il te plaît, maman, j'aimerais tant que Rachel vienne passer quelques jours chez nous ! soupira-t-elle tandis qu'elles se garaient devant leur maisonnette.

Les Tate habitaient à Martimpré, un joli petit village perdu dans la campagne.

– Excellente idée. Aide-moi d'abord

à rapporter les courses à la cuisine et tu l'appelleras.

– Au fait, où est passé papa ?

– Hou, hou ! Je suis là !

Betty se tourna vers la vieille grange, sur la gauche de la maison. Elle leva la tête en s'abritant les yeux du soleil. Son père, debout sur une échelle, réparait le toit.

– Il y a encore une fuite, cria-t-il.

– Mon Dieu ! soupira Mme Tate en ouvrant son coffre. Cette grange tombe en ruine. Il faudrait qu'on s'en occupe.

– Moi, je l'aime bien, dit Betty.

Elle prit les deux sacs de provisions que lui tendait sa mère et sursauta en sentant une goutte d'eau sur son nez.

– Oh, non ! Il pleut !

Elle vit alors deux flocons sur sa jupe rose.

– Mais non, c'est de la neige !

– De la neige ? s'écria Mme Tate. En été ? C'est impossible !

Mais le ciel s'était assombri d'un coup et il faisait très, très froid.

– Vite, Betty, rentre à la maison !

Mme Tate s'empressa de ramasser le reste des courses et referma le coffre de la voiture.

M. Tate descendit de son échelle et les suivit à l'intérieur.

– C'est bizarre, dit-il, les sourcils froncés. Je me demande si ça va durer.

Betty se tourna vers la fenêtre de la cuisine.

– Regardez, c'est déjà fini !

M. et Mme Tate s'approchèrent. Le soleil brillait de nouveau dans un ciel sans nuages. Seules quelques flaques témoignaient de cette surprenante averse.

– Je n'ai jamais vu ça ! s'exclama M. Tate. C'est de la magie ou quoi ?

De la magie ? Le cœur de Betty se mit à battre à tout rompre. Quand elles avaient retrouvé les fées de l'Arc-en-Ciel, le bonhomme Hiver avait juré de ne plus les tourmenter. Aurait-il trahi sa promesse ?

– Betty, va mettre un chemisier sec, dit Mme Tate.

Betty s'écarta de la fenêtre et aperçut alors un vieux coq en fer rouillé, posé sur la table de la cuisine.

– Qu'est-ce que c'est ?

– Une girouette, répondit son père. Je l'ai trouvée dans le parc, ce matin. Elle fera beaucoup d'effet sur le toit de la grange, quand je l'aurai réparé.

Betty passa la main sur le métal. Une nuée de paillettes dansa autour de ses doigts. Elle cligna des yeux de surprise et retira la main.

Les paillettes avaient disparu. Il n'y avait plus que le vieux coq rouillé.

Intriguée, elle monta se changer. Avait-elle rêvé ? Cependant la neige, elle, était bien réelle. Betty décida d'appeler Rachel après le déjeuner. Peut-être avait-elle aussi remarqué quelque chose de bizarre.

Elle entra dans sa chambre et son regard tomba sur le presse-papiers que lui avaient offert les fées en remerciement de son aide. Rachel avait reçu exactement le même. La boule de verre remplie de poussière de fée brillait de toutes les couleurs quand on l'agitait.

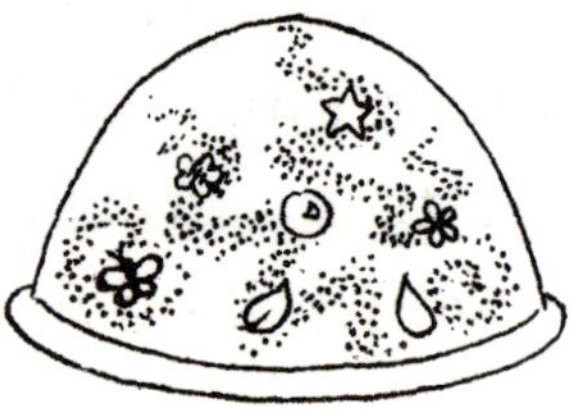

Mais personne ne la secouait à cet instant précis et pourtant les paillettes tourbillonnaient à l'intérieur du verre! Oubliant son chemisier mouillé, Betty saisit le presse-papiers. Il était brûlant. Elle le lâcha en poussant un cri de douleur. Il heurta le coin d'une étagère et se brisa en mille morceaux.

– Oh, non! gémit-elle, désolée d'avoir cassé son beau cadeau.

La poudre de fée l'enveloppa. Aussitôt, Betty se sentit rétrécir, comme chaque fois qu'elle se trouvait

transportée par magie au pays des Fées.

Elle regarda derrière elle. Des ailes délicates brillaient dans son dos.

– Les fées veulent sans doute que j'aille les voir, murmura-t-elle. Mais je ne connais pas le chemin !

Au même instant, un courant d'air entra par la fenêtre ouverte. Il souleva la poussière de fée, qui enveloppa Betty d'un tourbillon multicolore et l'emporta !

Drame au pays des Fées

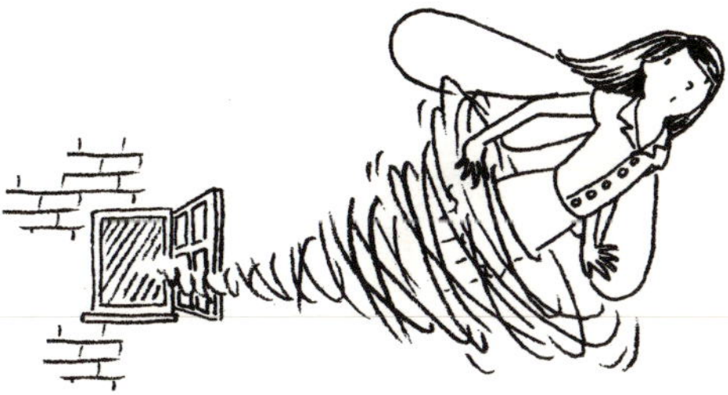

Après avoir survolé des rivières, des montagnes, des bois, des villages et de gros nuages cotonneux, Betty reconnut les maisons en champignon rouges et blanches du pays des Fées, puis la rivière qui dessinait un ruban de diamants entre les collines vertes.

[…]

Découvre vite les autres fées du ciel,
dans la collection

L'ARC-EN-CIEL magique

LES FÉES DU CIEL

1. Marion, la fée des flocons
2. Alizé, la fée du vent
3. Morgane, la fée des nuages
4. Aurore, la fée du soleil
5. Perle, la fée des brumes
6. Esther, la fée des éclairs
7. Lucie, la fée de la pluie

Retrouve dans la même collection :

LES FÉES DE L'ARC-EN-CIEL

1. Garance, la fée rouge
2. Clémentine, la fée orange
3. Ambre, la fée jaune
4. Fougère, la fée verte
5. Marine, la fée bleue
6. Violine, la fée indigo
7. Lilas, la fée mauve

Et aussi :

LES FÉES DE LA FÊTE

1. Margaux, la fée des gâteaux
2. Angélique, la fée de la musique
3. Juliette, la fée des paillettes
4. Manon, la fée des bonbons
5. Anaïs, la fée des jeux
6. Prune, la fée des costumes
7. Élise, la fée des surprises

HORS-SÉRIES

Clémence, la fée des vacances

Gaëlle, la fée de Noël

Stella, la fée des étoiles